AF358233

Vente du mercredi 29 Mai 1907

(HOTEL DROUOT, Salle n° 9)

CATALOGUE

DE

LIVRES ANCIENS ET MODERNES

RELATIFS A LA

DÉCORATION ET A L'AMEUBLEMENT

PROVENANT DE LA BIBLIOTHÈQUE

DE

M. M***

Blondel. Vignole. — **Cuvilliès**. Œuvres d'architecture et d'Ornements. **Diderot et d'Alembert**. Encyclopédie. — **Meubles et objets de goût**. — **Ornements** de dessus de boîtes. — **Panseron**. Eléments d'architecture. — **Percier et Fontaine**. Décorations intérieures. — **Roubo**. Art du menuisier. — **Williamson**. Meubles d'art. — **Art et décoration**. Collection.

PARIS

LIBRAIRIE CHARLES FOULARD

7, QUAI MALAQUAIS, 7

—

1907

LA VENTE AURA LIEU

Le mercredi 29 Mai 1907

HOTEL DROUOT

(Salle nº 9)

A DEUX HEURES PRÉCISES

Par le ministère de Mᵉ Maurice DELESTRE, ✳, Commissaire-Priseur

5, rue Saint-Georges, 5

Assisté de M. Charles FOULARD, Libraire

7, quai Malaquais, 7

———

CONDITIONS DE LA VENTE

La vente se fait expressément au comptant.

Les adjudicataires paieront *10 pour cent* en sus des enchères.

Les ouvrages sont complets, à moins d'indication contraire.

═══

**Le libraire chargé de la vente remplira les commissions
des personnes qui ne pourraient y assister**

Vente du mercredi 29 Mai 1907

(HOTEL DROUOT, Salle n° 9)

CATALOGUE

DE

LIVRES ANCIENS ET MODERNES

RELATIFS A LA

DÉCORATION ET A L'AMEUBLEMENT

PROVENANT DE LA BIBLIOTHÈQUE

DE

M. M***

Blondel. Vignole. — **Cuvilliès**. Œuvres d'architecture et d'Ornements. **Diderot et d'Alembert**. Encyclopédie. — **Meubles et objets de goût**. — **Ornements** de dessus de boîtes. — **Panseron**. Eléments d'architecture. — **Percier et Fontaine**. Décorations intérieures. — **Roubo**. Art du menuisier. — **Williamson**. Meubles d'art. — **Art et décoration**. Collection.

PARIS

LIBRAIRIE CHARLES FOULARD

7, QUAI MALAQUAIS, 7

1907

ORDRE DE LA VACATION

LIVRES EN LOTS

Nᵒˢ **72** à **126**

1 à **71**

CATALOGUE

DE

LIVRES ANCIENS ET MODERNES

RELATIFS A LA DÉCORATION ET A L'AMEUBLEMENT

LIVRES ANCIENS

1. **Adam** (Albert). Voyage pittoresque et militaire de Willenberg en Prusse jusqu'à Moscou, fait en 1812. *Munic*, 1827, in-fol., demi-rel., 97 planches lithographiées (sur 102). Rousseur.

   Il manque : le titre-frontispice, les portraits de Napoléon, d'Eugène et de Murat.

2. **Andriessen** (Andreas). Plegtige Inhuldiging van zyne Doorlugtigste Hoogheit. Villem Karel Henrik Priso, Prinse von Orange Nassau. enz. enz. enz. als Markgraaf van Vere. *Amsterdam*, 1751, in-fol., demi-bas., 11 pl. grav.

3. **Aviler** (d'). Cours d'architecture qui comprend les ordres de Vignole, avec des commentaires, les figures et les descriptions de de ses plus beaux batimens, et de ceux de Michel-Ange, etc. ; nouv. édit. *Paris, Jombert*, 1760, in-4, pl. veau, tr. rouge; 165 planches grav.

4. **Aviler** (A.-C. d'). Cours d'architecture qui comprend les ordres de Vignole, avec des commentaires, les figures et descriptions de ses plus beaux bâtimens et de ceux de Michel-Ange, etc. *Paris*, 1691, 2 vol. in-4, pl. veau, tr. marb. ; 103 pl. grav.

5. **Belidor.** Architecture hydraulique ou l'art de conduire, d'élever

et de ménager les eaux pour les différents besoins de la vie. *Paris*,
1737-1753, 4 vol. in-4, pl. veau, tr. rouge ; 2 front. et 219 pl.
grav.

Mouillures.

6. **Berretini** (Pietro). Galeria dipinta nel palazzo del prencipe Pan-
filio, intagliata da Carlo Cesio. *Roma*, s. d., 16 pl. — Heroicæ
virtutis imagines, quas Petrus Berretinus cortonensi pinxit Flo-
rentiæ in ædibus magni ducis Etruriæ. *Romæ*, s. d. (1691); 26 pl.
Ensemble 2 parties en 1 vol. in-fol., cart. ; 42 pl. grav.

Mouillures.

7. **Blondel.** Livre nouveau ou règles des cinq ordres d'architecture par Jacques Barozzio de Vignole. *Paris*, 1757, in-fol., demi-
bas. ; 109 pl. grav.

8. **Boucher fils.** 62ᵉ cahier de l'œuvre : Bougeoirs et éteignoirs.
Suite complète de 6 pièces.

9. **Callot** (Jacques). Réunions de 65 pièces, dont 53 montées sur
bristol en 1 vol. in-4 oblong, demi-bas., coins, tr. jasp. ; les
autres en feuilles.

Les misères et les malheurs de la guerre 17 (sur 18). La passion, 12
pièces. Bouffons, etc.

10. **Cartouches** gravés. Réunion de 231 pièces découpées dans
des atlas anciens, montées en un vol. et sur papier fort.

11. **Cuvilliès.** Dessins de meubles. Suite de 6 p.

12. **Cuvilliès père et fils.** Recueil de 249 planches de leurs œuvres : Morceaux de caprice, panneaux, tables, commodes, serrurerie, fontaines, portes, architecture, plafonds, bordures, etc. *A
Paris, chez le sieur Poilly*, in-4, veau.

Quelques taches ou mouillures.

13. **Décorations intérieures.** Réunions de 80 planches de décorations intérieures et de meubles par Blondel, Cauvet, Boucher,
Lecamu, etc.

14. **Delafosse** (J.-C.). Recueil de 67 planches diverses de l'œuvre.

15. **Demarteau.** Nouveaux ornements d'arquebuserie. Suite de
20 pièces en un vol. petit in-4, veau.

La pl. n° 6 manque ; mouillures et taches.

16. **Description** des festes données par la Ville de Paris, à l'occasion du mariage de Madame Louise-Elisabeth de France et de
Dom Philippe, Infant et Grand d'Espagne, les 29 et 30 août 1739.

Paris, 1740, in-fol., demi-chag., pl. toile ; 13 glandes planches, montées sur onglets.

Exemplaire défectueux.

17. **Desgodetz.** Les édifices antiques de Rome, mesurés et dessinés très exactement sur les lieux. *Paris, Jombert,* 1719, in-fol., plein veau, tr. marbrée; front. et 137 planches gravées.

18. **Dessins originaux coloriés** de meubles. Recueil 41 planches donnant la représentation de 61 objets : commodes, bureaux, lits, tables à jeu, consoles, toilettes, etc. En un volume in-f°l., d.-rel.

19. **Dezallier d'Argenville.** La théorie et la pratique du jardinage, où l'on traite à fond les beaux jardins appelés communément les jardins de plaisance et de propreté. 3ᵉ édit. *La Haye,* 1739, in-4, pl. veau, tr. rouge; 42 pl. grav.

20. **Diderot et d'Alembert.** Encyclopédie, ou dictionnaire raisonné des sciences, des arts et des métiers, par une Société des gens de lettres, mis en ordre par Diderot, et quant à la partie mathématiques par d'Alembert. *Paris,* 1751-1772, 28 vol., dont 11 de planches. — Supplément, 1776-1777, 5 vol., dont 1 de planches. — Tables analytique et raisonnée des matières par Mouchon, 1780, 2 vol. Ensemble, 35 vol. in-fol., demi-vélin, non rog.; 3.132 planches gravées.

On a ajouté 10 planches de Dumont, salles de spectacles. Mouillures et piqûres de vers en marge.

21. **Du Cerceau** (A.). Livre de divers ornements de feuillages en forme de panneaux à l'usage de ceux qui exercent le dessin; 6 pièces, plus 2 p. d'une autre suite.

22. **Duplessis.** Première suite de vases, 6 p. à toutes marges.

23. **Duplessis.** Première suite de vases. 6 p. — 2ᵉ suite de vases, 4 p. Ensemble, 10 pièces.

24. **Encyclopédie** méthodique ou par ordre de matières, par une Société de gens de lettres. Recueil de planches, tomes I à VI. Arts et Métiers, Manufactures, Marine et Tactique navale. *Paris, Panckoucke,* 1783-1784, 6 vol. in-4, pl. veau, tr. jaspée ; 1.965 pl. grav.

25. **Falda** (G.-B.). Il nuovo theatro delle fabriche et edifici in prospettiva di Roma moderna, 1ʳᵉ, 2ᵉ et 3ᵉ parties. *Roma,* 1665 ; 82 planches. — **Falda et Venturini.** Le Fontane di Roma. — Le

Fontane delle ville di Frascati. — Le Fontane del Giardino estense
in Tivoli, 1re, 2e et 4e parties. *Roma*, 1691, 68 planches. Ensemble
6 parties reliées en 2 vol. in-fol. oblong, reliure différente.

> La seconde partie des Fontaines est en double.

26. **Ferraro** (P.-A.). Il cavallo frenato, diviso in 4 libri. *Napoli*
1902, petit in-fol., pl. veau ; grav. en bois.

27. **Fêtes**. Narrazione delle solenni reali feste fatte celebrare in
Napoli da Suà Maesta il Re delle Due Sicilie, Carlo Infante di Spa-
gna, Duca di Parma, Piacenza, etc., etc. *Napoli*, 1748, in-fol.,
pl. veau, tr. dor. ; frontispice et 15 grandes planches gravées.
(Rel. aux armes.)

28. **Fêtes publiques** données par la ville de Paris à l'occasion du
mariage de Monseigneur le Dauphin, les 23 et 26 février 1745.
Paris, in-fol., demi-chag., pl. toile, tr. jaspée; frontispice et 20 pl.
grav.

> Mouillures.

29. **Fischer** (Joh. Bern.). Essai d'une architecture historique ou
recueil de batimens antiques, avec des explications en allemand et
en français. *Leipzig*, 1725, 5 parties en 2 vol. in-fol. oblong.,
cart.; 89 pl. grav.

30. **Forty**. Cahier de 6 feux de cheminées à l'usage des fondeurs.
Suite complète de 6 planches à toutes marges.

31. **Gilliers**. Le cannaméliste français, ou nouvelle instruction pour
ceux qui désirent d'apprendre l'office, rédigé en forme de dictionnaire. *Nancy*, 1751, in-4, pl. veau; 13 pl. grav.

> Tache d'encre en marge.

32. **Godonnesche**. Médailles du Règne de Louis XV. S. l. n. d.,
in-4, en feuilles, titre et 54 pl. grav.

> Le frontispice manque.

33. **Grandjean de Montigny** (A.) et **A**. **Famin**. Architecture
toscane ou palais, maisons et autres édifices de la Toscane. *Paris*,
1837, in-fol., cart., non rog.; front. et 109 pl. grav. au trait.

34. **Granet** (J.-J.). Histoire de l'Hôtel Royal des Invalides où l'on
verra les secours que nos Rois ont procurés dans tous les temps
aux officiers et soldats hors d'état de servir. *Paris*, 1736, in-fol.,
cartonné, avec 90 planches (sur 104) gravées par Cochin. Mouillures.

Manque les planches 26, 42, 44, 59, 58, 61, 63, 68, 74, 78, 88, 90, 98, 101.

35. **Jardins.** Le château de plaisir et de chasse Augustus-Burg, 16 pl. dessinées et gravées par Metz; déchirures ou raccommodages.

36. **Klauter.** Les quatre éléments, 4 p.

37. **La Joue.** Fontaines, avec sujets de chasse. 8 pièces.

38. **Lalonde.** Réunion de 12 pièces : grilles, meubles, orfèvrerie.

39. **Lalonde.** Cahier de grilles d'hôtels et de jardins. Suite complète de 4 pièces.

40. **Lamour** (Jean). Recueil des ouvrages en serrurerie que Stanislas le Bienfaisant, Roy de Pologne, Duc de Lorraine et de Bar, a fait poser sur la place Royale de Nancy, à la Gloire de Louis-le-Bien-Aimé. *Nancy*, 1767, in-fol., demi-bas., n. rog.; 28 pl. grav.

Exemplaire défectueux, brûlures en coins de marge, atteignant le texte et les planches.

41. **La Rue.** Suite de vases, trépieds, autels, tables, chandeliers, dans le goût antique; 9 planches gravées par Parizeau en 1772.

42. **Le Clerc** (Sébastien). Traité de géométrie théorique et pratique à l'usage des artistes. *Paris, Jombert*, 1744, in-8, pl. veau, tr. rouge; 45 pl. grav.

43. **Le Pautre.** Verres de jardins en perspectives. Cahier de 6 p.

44. **Loire.** Nouveaux dessins de guéridons, dont les pieds sont propres pour des croix, chandeliers, chenêts, etc. Suite complète de 6 p.

45. **Mascara real** executada por los Colegios y gremios de la Ciudad de Barcelona, etc. *Barcelona*, 1764, gr. in-fol. obl., vélin; titre, vignettes et pl. grav.

L'exemplaire comprend les pl. 2, 3, 5, 7, 8, 9, 10, 11 dessinées par Franc. Tramullas et gravées par Defehrt.

46. **Masson.** Nouveaux dessins pour graver sur l'orfèvrerie, 11 pl. — **Manette.** Nouveaux dessins pour tabatière, 7 pl. Ensemble 18 pl. en un vol. petit in-fol., d.-bas. ant.

47. **Mavelot.** Recueil de 16 pièces représentant des cartouches.

48. **Meubles et objets de goût.** Recueil de 275 planches gravées

et coloriées. *Paris, an X*, 2 recueils in-fol., dont 1 demi-bas., tr.
jasp., l'autre en feuilles.

49. **Neufforge** (de). Réunion de 132 planches diverses de son Recueil d'architecture.

50. **Orfèvrerie**. Réunion de 27 pièces dessinées et gravées par
Vinsac, Voisin, Pugin, Langes, etc.

51. **Orfèvrerie anglaise**. Album de références d'une maison
anglaise au xviiie siècle : flambeaux, théières, saucières, huiliers, etc. Suite de 74 planches gravées, numérotées 1 à 74.

> Les pl. 31, 36, 52, 56, 73 manquent.

52. **Ornements**. Selection of Ornaments in forty pages for the use
of sculptors, painters, carvers, modellers, chasers, embossers, etc.,
painted at R. Ackermanns. *London*, 1817-1819, 3 parties en 1 vol.
in-4, demi-bas., pl. toile ; 120 planches au trait.

53. **Ornements**. Architectural ornements or a collection of Capitals,
Friezes, Roses, Entablatures, Mouldings, etc., Drawn on Stone,
from the Antique. *London*, s. d., in-4, demi-bas. ; 100 planches
au trait.

54. **Ornements de dessus de boîtes et de tabatières**. Réunion de près de 1.500 spécimens, empreintes coloriées, en un vol.
petit in-4.

55. **Ornements divers**. Réunion de 189 pièces diverses.

56. **Overbeke** (Bonaventure d'). Les restes de l'ancienne Rome,
recherchez avec soin, mesurez, dessinez sur les lieux et gravez.
La Haye, 1763, 3 tomes en 1 vol. in-fol., demi-rel., n. rog. ; 150
pl. grav.

57. **Panseron**. Elémens d'architecture. *Paris*, 1773-1776, 3 vol.
in-4, pl. veau, tr. rouge, 178 pl. grav., dont 57 ombrées au
lavis.

> On a relié à la fin : Mémoire relatif à un plan d'Hôtel-Dieu pour
> Paris, avec 1 planche.

58. **Percier et Fontaine**. Palais, maisons et autres édifices modernes dessinés à Rome. *Paris*, 1830, in-fol., cart., n. rog. ; 100
planches gravées.

> Tache d'encre en marge à quelques feuilles du texte.

59. **Percier et Fontaine**. Recueil de décorations intérieures,
comprenant tout ce qui a rapport à l'ameublement, comme vases.

candélabres, lustres, cheminées, pendules, tables, lits, fauteuils, miroirs, etc. *Paris*, 1827, in-fol., cart., n. rog.; 72 pl. grav.

60. **Piranesi**. Cheminées ; 13 pièces in-fol.

61. **Ranson**. 4° cahier de groupes de fleurs et attributs pastorales. Suite complète de 6 pièces.

62. **Ranson**. 1ᵉʳ cahier de décorations d'appartements. *A Paris, chez Avauler*, in-fol., en feuilles, 6 pl.

63. **Raphaël**. Psyches et Amoris nuptiæ ac fabula a Raphael Sanctio, Romae, in farnesianis hortis trans Tyberim expressa, a Nic. Dorigny delineate et incise, a Jo.-P. Bellorio notis illustrata. *Romae*, 1693, in-fol., pl. veau ; 12 grandes planches gravées; monté sur onglets (aux armes).

64. **Roubo**. L'art du menuisier, carrossier en meubles, ébéniste, l'art du treillageur. *Paris*, 1769-1775, 6 parties en 3 vol., in-fol., plein veau, tr. rouge; 383 planches gravées.

> Bel exemplaire.

65. **Salambier**. Deuxième cahier d'ornements et frises, dessinés par Salambier et gravés par Juillet en 1777. Suite complète de 6 pièces en sanguine.

66. **Serrurerie**. Cahiers de grilles dans le nouveau goût, à l'usage des serruriers. Suite de 4 p.

67. **Toussaint** (C.-J.). Traité de géométrie et d'architecture, théorique et pratique, simplifiée. *Paris*, 1812, 2 tomes en 4 vol. demi-bas., n. rog. ; 110 pl. grav.

> Cet ouvrage contient des planches de décorations intérieures, style Empire.

68. **Vases**. Réunion de 188 planches dessinées et gravées par Prieur, Fay, Lepautre, Duplessis, Percené, etc.

69. **Vues d'optique coloriées**. Réunion de 84 planches, vues générales, monuments, jardins, etc.

70. **Watteau**. Arabesques, 11 pièces.

71. **Watteau**. Livre nouveau de différents trophées. A *Paris,*chez *Huquier*, 12 pièces.

LIVRES MODERNES

72. **Architecture américaine**.3° série. Habitations suburbaines, villas, maisons de campagne, cottages, dépendances. *Paris*, s.d., in-4, en carton; 40 pl. photographiées.

73. **Art et décoration**, revue mensuelle d'art moderne, publiée sous la direction de MM. Vandremer, Grasset, Cazin, Frémiet, Roty, etc. De l'origine, 1897, à avril 1907 inclus, in-4, en livraisons, pl. et grav. en noir et en coul.

74. **Bajot**. Intérieurs d'appartements meublés vus en perspective dans les styles du XV° au XVII° siècle. *Paris*, s. d., in-fol., en feuilles ; 25 pl. en phototypie.

75. **Bérain** (Jean). Décorations-Motive im style Ludwig XIV. *Berlin, Claesen*, s. d., in-fol., en carton; 42 planches.

76. **Briseux**. Dessins de menuiserie, de serrurerie, etc., propres à la décoration intérieure et extérieure des appartements. Paris, s. d., in-4, en carton; 24 pl. en phototypie.

77. **Buffon**. Œuvres complètes, avec des extraits de Daubenton, et la classification de Cuvier. *Paris, Furne*, 1838-1839, 6 vol. gr. in-8, demi-veau, tr. jasp.; port. et 122 planches coloriés.

78. **Bury**. Modèles de menuiserie accompagnés de détails et de développements qui doivent en faciliter l'exécution, suivis d'un abrégé de l'art du menuisier et d'un traité des escaliers. *Paris*, s. d., in-fol., cartonné; 73 planches grav. au trait.

79. **Catalogue** de l'Argenterie ancienne, appartenant à M. Paul Eudel, dont la vente a eu lieu en avril 1884. *Paris*, gr. in-8, br.; 10 planches hors texte et grav.

> On y a joint une suite de 10 planches, tirage à part des figures intercalées dans le texte.

80. **Catalogue de ventes** (Réunion de 13). Tableaux anciens et moderne, dessins, etc. Collections : Febvre, 1882. — Nicolaeff, 1890. — Comtesse de La Ferronnays, 1898. — Dessins, 6 février 1898. — Jacques de Bryas, 1898. — Dessins, 19 mars 1899. — Duc de Talleyrand, Valençay et Sagan, 1899. — X..., 28 juin 1900. — Amateur, 5 mars 1903. — Tableaux, 24 novembre, 1903. — Tableaux, 16 juin 1904. — X, 16 mai 1905. — Tableaux, 27 mai 1905. In-4 et in-8, br.; nomb. pl.

81. **Catalogues de ventes** (Réunion de 6). Objets d'art et de curiosités, antiquités,etc., collections : Leclanché, 1892.— Leroux, 1896. — Bonnaffé, 1897. — Van Bosvelt et Rochants. *La Haye*, 1899. — Von Prosch, *München*, 1898. — Boas Berg, *Amsterdam*, 1905, in-4 et in-8, br.; nombr. pl.

82. **Catalogues de ventes** (Réunion de 6). Objets de vitrine et de curiosité, faïences et porcelaines. Collections : G. R., 1905. — Guilhon, mars et décembre 1905, — mai 1906. — Ploquin,1891. — Gérard, 1900. In-4 br.; nombr. pl.

83. **Catalogues de ventes** (Réunion de 8). Meubles, boiseries, bronzes, panneaux, etc. Collections : Valentine Biron, 1889. — Droinard, 1889.— O... et Vte de B..., 1891. — Henry, 1897. — Baron Lepic, 1897. — Un hôtel, 48, rue de La Boétie, 1902. — Sommerard (du), 1904. — Vte B., 1905. In-4 et in-8, br. ; nombr. pl.

84. **Catalogues d'objets d'art et d'ameublement** (Réunion de 9). Collections : Comte de La Beraudière, 1885. — Marquis,1890. — Villa et Domaine du Salviato à Florence, 1891.— Mlle de Ch., 1896. — Marquis de Plessis-Bellière, 1897. — Sichel, 1899. — Rainneville (de), 1902. — Mme J..., 1905.— B*** (L.), 1905. In-4, br.; nombr. pl.

85. **Catalogues d'objets d'art et d'ameublement** (Réunion de 9). Collections Maillard-Lasne et Michel Maillard, 1888. — Smith, 1890. — Pinçon de Valpinçon, 1891. — D'Yvon, 1892. — Josse, 1894. — Cte H. de C..., 1897. — Beéche, 1904. — Gutierrez de Estrada, 1905. — H.-J. M.... 1905. In-8 et in-4, br.; nombreuses pl.

86. **Constructions** modernes et économiques, avec plans, coupes, élévations et détails, par divers architectes. *Paris*, s. d., 4 vol. in-4, en cartons ; 100 planches en couleurs.

87. **Dayot** (Armand). La Révolution française : Constituante, Législative, Convention, Directoire, 30 livr. — Journées révolutionnaires, 1830-1848, 16 livr. — Napoléon, la République, le Consulat, l'Empire, Sainte-Hélène, 10 livr. *Paris*, s. d. Ensemble 3 ouvrages in-4 oblong ; nomb. grav.

   Le titre de la Révolution française manque.

88. **Décoration** (La) au xviiie siècle, recueil de dessins composés par J.-B. Huet. *Paris*, s. d., in-4, en carton; 50 planches en phototypie.

89. **Décoration** (La) et l'Ameublement à l'Exposition de 1900. 3ᵉ série. *Paris*, s. d., in-4, en carton; 178 planches en phototypie.

90. **Décoration des jardins.** Recueil de dessins de jardinage, parterres en broderies, compartiments de gazon, treillages, etc., d'après les dessins de Boyceau, Le Pautre, Bérain, Le Notre, etc. In-4, en carton; 72 pl.

91. **Friling** (H.). Documents d'art nouveau, application ornementale des plantes et des animaux, 1ʳᵉ et 2ᵉ séries. *Berlin*, s. d., 2 vol. in-fol., en cartons ; 48 pl. en phototypie.

92. **Giardini.** Bronzes et orfèvrerie, style Louis XIV. *Paris*, s. d., in-4, en carton ; 64 pl. en phototypie.

93. **Gonse** (Louis). Les chefs-d'œuvre des Musées de France, sculpture, dessins, objets d'art. *Paris*, 1904, in-4, br.; pl. et gr.

94. **Grandville** (J.-J.). Les fleurs animées, texte par A. Karr, Taxile Delord et le Comte Fœlix ; nouvelle édition. *Paris*, 1867, 2 vol. gr. in-8, demi-chag., tr. jasp.; 52 pl. en couleurs et grav.

95. **Lacroix** (Paul). xviiiᵉ siècle, institutions, usages et costumes : France, 1700-1789. *Paris*, 1875, gr. in-8, demi-chag , plats toile, tr. dorée, fers spéciaux; 21 chromolithog. et 350 gr.

96. **Lalonde.** Œuvre, meubles et orfèvrerie. *Paris, Guérinet,* in-4, en carton; 114 pl. en phototypie.

97. **Lambert** (Th.). Meubles de style moderne à l'Exposition Universelle de 1900. Sections française et étrargères. *Paris*, s. d., in-fol., en carton ; 40 planches en phototypie.

98. **Lambert** (Ch.). L'Art décoratif moderne à l'Exposition Universelle de 1900 ; sections française et étrangères. *Paris*, s. d., in-fol., en carton; 10 planches en phototypie.

99. **Meissonnier.** Œuvre, décorations intérieures et orfèvrerie, style Louis XV. *Paris, Guérinet*, in-4, en carton ; 52 pl. en phototypie.

100. **Merlin.** Meubles styles Louis XV, Louis XVI. *Paris, Schmid*, in-4, en carton ; 24 planches.

101. **Meubles** ornés de bronzes, bronzes, orfèvrerie, objets d'art des xviiᵉ et xviiiᵉ siècles, styles Louis XIV, Louis XV, Louis XVI. Premier Empire, tirés des collections célèbres. *Paris,* s. d., in-4, en carton ; 83 planches en phototypie.

102. **Meubles.** Album de meubles, boulle dessiné et publié par Quétin. 46 planches coloriées à la gomme donnant plus de 100 modèles de style Louis XIV, Louis XV et Louis XVI. In-4 obl.

103. **Muller** (Edouard). La Flore pittoresque, croquis d'après nature. *Paris*, 1872, in-fol., en carton, 25 planches tirées sur Chine collé.

> Mouillures et raccommodages.

104. **Musée** (Le) galant du dix-huitième siècle, chefs-d'œuvre de Baudouin, Boilly, Boucher, Debucourt, Fragonard, Greuze, Lancret, etc. *Paris*, s. d., in-4 oblong, en livraisons ; grav. en noir et en couleurs.

105. **Orfèvrerie et Bijouterie.** Réunion de 3 ouvrages.
> Havard. L'orfèvrerie. — Bapst. Etudes sur l'orfèvrerie française : Les Germain. — Boyvin. Livre de bijouterie.

106. **Orfèvrerie d'Argent.** Album de 126 planches en phototypie. Couverts, cuillers à café et à thé, plats, plateaux, cafetières et théières, carafons, verres à liqueurs, flacons, portes-bouquets, bougeoirs, etc. In-4, demi-chag., pl. toile, monté sur onglets.

107. **Pâtisserie. Carême.** Le Pâtissier royal parisien ou traité élémentaire et pratique de la Pâtisserie ancienne et moderne. *Paris*, 1815, 2 vol. in-8, demi-veau, tr. marb. ; 70 pl. — Le Pâtissier pittoresque, 4e édition. *Paris*, 1842, in-8, br. ; 125 pl. — La Science du Maître d'Hôtel confiseur, à l'usage des officiers. *Paris*, 1868, in-12, pl. veau, tr. rouge, 4 pl. Ensemble 4 volumes.
> La fin de la table du pâtissier royal, manque.

108. **Pineau.** Nouveaux desseins de pieds de tables et de vases et consoles de sculpture en bois. *Paris*, s. d., in-4, en carton ; 24 pl. en phototypie.

109. **Portefeuille des Arts décoratifs**, publié sous le patronage de l'Union centrale des Arts décoratifs, par A. de Champeaux, de la 1re année, 1888-1889, à la 8e année, 1895-1896 (planche 736). 8 vol. in-fol., en carton ; 736 planches en phototypie.
> Il manque : 2e année pl. 105, titre et table. 4e année, titre et table. 5e année, table. 6e année, pl. 503, titre et table. 7e année, titre et table. Pour terminer la 8e année, il manque les planches 737 à 768 inclus, le titre et la table.

110. **Prévot** (Gabriel). Stores, guipures et broderies d'art, rideaux et brise-bise dans le style moderne 1re série. *Paris*, s. d., in-fol., en carton, 20 planches en phototypie.

111. **Pugin**. Modèles d'orfèvrerie, argenterie, etc. *Paris, Baudry*, s. d., 27 pl.

112. **Racinet** (A.). L'ornement polychrome, 1re série. *Paris*, s. d., in-fol., en carton; 100 planches en couleurs.

La planche 38 manque, la planche 39 est en double.

113. **Rambouillet** (château de). Les intérieurs et les boiseries sculptées, style Louis XV. *Paris*, s. d., in-fol., en carton; 74 planches en phototypie.

114. **Ranson**. Nouveau recueil de jolis trophées, cartouches, fleurs et fruits utiles aux artistes de tous genres. *Paris*, s. d., in-4 en cart.; 32 planches en phototypie.

115. **Rouaix** (Paul). Les Styles, classés par époques. *Paris*, s. d., in-fol.,en feuilles; 700 grav.

116. **Salembier**. Modèles de dessins d'orfèvrerie. *Paris, Foulard*, in-fol., en carton; 36 pl. en héliogravure.

117. **Scheult** (F.-L.). Recueil d'architecture dessinée et mesurée en Italie. *Paris, Bance*, 1840, in-fol., cart.; 72 planches grav. à l'eau-forte.

118. **Schoy** (Auguste). Motifs décoratifs de l'époque Louis XVI; 80 pl. — Recueil de vases de l'époque Louis XVI; 25 pl. *Paris*, 1877, ensemble, 2 vol. in-4, en cartons, 105 pl.

Manque aux motifs décoratifs, les planches 68, 69.

119. **Stoddard** (John). Portfolio de photographies des villes, paysages et peintures célèbres, contenant une collection rare et choisie des vues photographiques de la nature et de l'art du monde entier. *Chicago*, s. d., in-4 oblong., en 16 livraisons. — **Wallace**. Les tableaux célèbres du monde, collection de reproductions photographiques de chefs-d'œuvre modernes. Livraisons 1 à 6, in-4, oblong en livraisons. Ensemble 22 numéros; nombr. gravures.

120. **Styles successifs** (Les). Extraits des bouquins français et étrangers des xve, xvie, xviie et xviiie siècles, édition photographique. *Paris*, 1874, in-fol., en carton; 75 planches.

121. **Tournaye** (A.-L.). La porte, la fenêtre et la baie, études décoratives. *Paris*, 1892, in-fol., en carton; 24 pl. en héliogr.

122. **Verneuil** (P.). L'animal dans la décoration, avec introduction

de E. Grasset. *Paris*, s. d., in-fol., en carton; 60 planches en couleurs.

123. **Versailles.** Recueil complet des groupes, statues, bustes, termes, etc., ainsi que des perspectives monumentales de Versailles en gravure lithographique publié par Vaysse de Villiers, 123 planches en un vol. in-8 obl., demi-bas.

124. **Vignettes, Fleurons et culs-de-lampe.** Album de modèles des blasons, armoiries, fleurons, etc., des fonderies de MM. Laurent et de Berny. *Paris*, 1825-1828, in-fol. oblong. cart.; 84 pl. (sur 86) donnant 1505 motifs.

> Coupures à 4 planches. Les planches 66 et 80 manquent.

125. **Vredeman de Vriesse.** Plusieurs menuiseries comme portaulx, garderobbes, buffets, chalicts, tables, etc., nouvellement mis en lumière par M. J. Visscher. *Bruxelles*, 2 parties en 1 vol. 39 pl. — Recueil d'arabesques, reproductions fac-simile de l'édition originale. *Bruxelles*, 1870-13, pl. Ensemble 2 vol. in-4, en cartons.

126. **Williamson** (E.). Les meubles d'art du mobilier national, choix des plus belles pièces conservées au Garde-meuble et dans les Palais Nationaux. *Paris*, s. d., 2 vol. in-fol., en cartons; 100 planches en héliogr.

Poitiers. — Imprimerie Blais et Roy, 7, rue Victor-Hugo.

www.ingramcontent.com/pod-product-compliance
Lightning Source LLC
LaVergne TN
LVHW011027180726
843502LV00007B/2783